Micromégas

FichesdeLecture.com

Micromégas
(Fiche de lecture)

I. INTRODUCTION

Ce court ouvrage de Voltaire, **conte philosophique** paru en 1752, nous invite à suivre un héros extraterrestre à travers l'immensité de l'espace et la visite de différentes planètes, dont la Terre. Au cours de ce voyage à la fois philosophique et merveilleux, l'auteur nous amène à réfléchir à des préoccupations essentielles. Quelle place tient l'être humain dans le cosmos ? Quel(s) enseignement(s) peut-on en tirer ? Rétrospectivement, *Micromégas* a été considéré comme l'un des premiers ouvrages de science-fiction.

II. RÉSUMÉ

D'une hauteur de 32 kilomètres de haut, le géant Micromégas est une personnalité peu commune. C'est un savant qui parle mille langues, capable de vivre plusieurs millions d'années, et qui habite une planète de l'étoile Sirius. Forcé de s'exiler après la publication de travaux scientifiques choquants aux yeux d'un clergé fanatique, il voyage à travers l'espace en quête d'un monde meilleur. Il arrive tout d'abord sur Saturne, dont les habitants ne mesurent que deux kilomètres de hauteur, ce qui provoque le rire du géant. Mais après quelque temps, il abandonne ses airs supérieurs après avoir compris qu'un « *être pensant peut fort bien n'être pas ridicule pour n'avoir que six mille pieds de haut* ». Il devient ami avec un « *nain* » d'une taille de deux kilomètres, secrétaire à l'Académie des Sciences. Ce dernier, déçu par ses déboires sentimentaux comme par la vie sur sa planète en général, décide de l'accompagner dans son voyage. Ils visitent donc ensemble Mars et Jupiter.

Arrivés par erreur sur la planète Terre, ils la pensent d'abord inhabitée. En effet, Micromégas et le Saturnien sont si hauts qu'ils ne peuvent voir les

Terriens. Un jour cependant, le savant brise son collier et, se baissant pour ramasser les diamants qui le composent, voit à travers eux comme une loupe. Il « découvre » alors les humains. Voyageant ensuite à travers l'océan arctique, les deux amis rencontrent un bateau de retour d'une exploration du cercle polaire. Micromégas le prend dans sa main et tente de parler avec les savants qui sont à bord. Leur discours est ambivalent. D'un côté la science et la métaphysique semblent être des sujets qui les rendent loquaces ; mais d'un autre côté ils tiennent des discours inquiétants sur les massacres passés et un pouvoir qui leur aurait été donné par un dieu. Dieu qui, précisent-ils, auraient également créé l'ensemble de l'univers...

Les deux géants sont déçus par ces hommes qui s'aiment tant et tiennent des discours incohérents. Ils reprennent donc la route à travers les galaxies, laissant cependant derrière eux un livre sur la Terre, qui se révèle finalement illisible aux yeux des humains.

Le conte philosophique s'achève donc sur une leçon d'humilité, puisque les humains restent aveugles ; pour eux l'ouvrage de Micromégas restera un livre blanc.

III. PRÉSENTATION DES PERSONNAGES

Micromégas

Son nom est une pure invention de Voltaire. L'analyse de l'étymologie grecque nous apprend que Micromégas signifie « **Petit Grand** » (micro et méga). Il annonce donc déjà une grande partie de la réflexion de l'ouvrage, à savoir la taille **toute relative** de l'homme dans l'univers et la tension qui en découle.

Micromégas, nous l'avons vu, est un géant, haut de « huit lieues ». On apprend également que son nez mesure plus de deux kilomètres et occupe « *le tiers de son visage* ». Âgé de quatre cent cinquante ans, il est savant sur sa planète et tente de se défendre avec intelligence contre les accusations d'hérésie. Pour autant, il est banni de la cour, mais s'en moque quelque peu : « *il ne fut que médiocrement affligé d'être banni d'une cour qui n'était remplie que de tracasseries et de petitesses* ». Malgré sa candeur au début de l'ouvrage, sa quête lui ouvre l'esprit et, à travers la révélation de nombre de ses qualités psychologiques, Micromégas apparaît page après page comme un véritable **double de Voltaire**. Mais comme lui, sa recherche de la vérité va lui coûter cher, puisqu'il est finalement banni pour ses « *propositions suspectes, malsonnantes, téméraires, hérétiques* ».

L'esprit critique est donc l'un de ses traits de personnalité. Dès le début du libre (chapitre 1er, paragraphe 4), il est dépeint positivement pour la force de son esprit et ses dons de mathématiciens. Voltaire va jusqu'à le mettre en concurrence avec Blaise Pascal, puisque Micromégas vient à bout, seul, de plus de cinquante propositions d'Euclide. On assiste déjà à une première critique des contemporains de Voltaire.

Ses facultés scientifiques et son **intelligence** aiguë sont innées et la science représente donc une distraction pour le géant. Lors de son voyage forcé « *de planète en planète* », il se révèle donc logiquement comme un excellent observateur. On le voit notamment lors de son passage sur la Terre et face aux humains, cette « *petite race* » « *en qui il aperçoit de si étonnants contrastes* ».

Voltaire n'utilise pas seulement le personnage de Micromégas pour transmettre ses idées. Par le biais d'un **narrateur omniscient**, il offre une perspective de « vue du dessus », bien loin d'un regard divin cependant, mais humain, et posant sur les choses et les lieux un regard scientifique. L'homme étudié en tant qu'insecte à travers le géant : voilà la perspective dans laquelle aborder l'ouvrage. Micromégas est, dans ce but, doté d'un véritable « *don des langues* » et de grandes capacités de communication avec les créatures qu'il croise, pour lesquels il se montre bienveillant.

Micromégas se garde de juger autrui par rapport à lui-même et reconnaît la juste valeur de chacun. Par exemple, à propos des Terriens, il déclare : « *Je vois plus que jamais qu'il ne faut juger de rien sur sa grandeur apparente* ».

Nous l'avons vu, les dogmes religieux sont étrangers à Micromégas. Cependant, le géant croit en un « *auteur de la nature* » qu'il remercie d'ailleurs pour avoir créé un univers si bien ordonné et varié, un ensemble harmonieux à l'image « *de la puissance et de l'adresse de l'Être Eternel* ».

Au-delà des qualités que nous venons de parcourir, Micromégas est le double de Voltaire pour d'autres raisons : c'est notamment un **excellent pédagogue** qui prend soin de son compagnon de voyage, le Saturnien, ou encore des Terriens en leur offrant le Livre blanc.

Très bon observateur et ingénieux, il transforme un diamant en microscope et une rognure d'ongle en porte-voix, ce qui lui permet d'identifier les humains considérés, à première vue comme « *des petites machines [et] des objets si nouveaux* ».

Le Saturnien

« *Secrétaire de l'académie de Saturne, homme de beaucoup d'esprit, qui n'avait à la vérité rien inventé mais qui rendait un fort bon compte des inventions des autres* », le Saturnien est sur tous les plans bien plus petit que Micromégas (taille, développement intellectuel…). Il quitte son épouse sans remords pour suivre son nouvel ami ; c'set l'un des rares éléments que l'auteur nous livre sur ce personnage. Le Saturnien est en fait un **faire-valoir** mettant en avant le personnage de Micromégas.

Ainsi, à travers le Saturnien, Micromégas peut partager ses connaissances, réfléchir à la relativité de toute grandeur, reprendre les jugements erronés et hâtifs du Saturnien (et ainsi critiquer les a priori). On observe d'ailleurs qu'au fur et à mesure de leur voyage commun, ce personnage se transforme sous l'influence de Micromégas, ce qui confirme les qualités de pédagogue de ce dernier. Cela rejoint ensuite une idée fondamentale de l'humanisme : **tout homme peut changer s'il est correctement guidé**. Nous sommes en fait les témoins d'une amitié qui cache une relation de maître à élève. Pour autant, il ne faudrait pas oublier l'importance fondamentale de leur **amitié**, comme en témoigne la dernière page du conte : « *Nos deux voyageurs se laissèrent aller l'un sur l'autre en étouffant de ce rire inextinguible qui, selon Homère, est le partage des Dieux* »

Les Terriens

Les habitants de notre planète n'ont pas le portrait le plus flatteur de l'ouvrage de Voltaire. Rappelons que leur relation avec les deux extraterrestres en visite évolue en deux étapes : dans un premier temps, ils paniquent, pensant être victimes d'un ouragan. Leur peur s'amplifie lorsqu'ils entendent des voix « *venues d'ailleurs* », se réfugiant dans les prières et autres refuges de la pensée : « *l'aumônier du vaisseau récita les prières des exorcismes, les matelots jurèrent, et les philosophes firent un système.* » Ils font montre d'une **grande irrationalité face à l'inconnu**. L'élément qui permet finalement le passage à la seconde étape est l'action d'un géomètre qui, choisissant d'agir avec méthode et rigueur, parvient à identifier les deux géants. Voltaire rend de cette manière une nouvelle fois hommage à la méthode empirique. Dès lors, une conversation scientifique peut s'engager entre les personnages.

Dans un second temps donc, une communication s'établit. Micromégas est très enthousiaste face à ces humains « *tout esprit* » qui ont beaucoup de connaissances. Mais les humains se révèlent rapidement bavards et imbus d'eux-mêmes. Ils pensent en effet tout connaître, jusqu'à la métaphysique et les phénomènes inexplicables. Ainsi s'engage un débat sur l'âme qui passe en inventaire tous les « grands » philosophes, de Descartes à Locke en passant par Aristote et Leibnitz. À partir de cet instant, Micromégas découvre le véritable visage de ceux qu'il dénomme des « atomes intelligents », pour constater finalement que « *les infiniment petits [ont] un orgueil infiniment grand* ».

IV. AXES D'ANALYSE

Voyage et relativisme

Le voyage est un thème récurrent dans les récits du XVIIIe siècle. Ici, ce voyage s'apparente avant tout à une **quête initiatique, à l'image des romans d'initiation**. Le but des déplacements est clairement affiché : Micromégas se met à » *voyager de planète en planète pour achever de se former l'esprit et le cœur* ».

Le fait que ce voyage s'effectue dans l'Univers permet d'introduire les réflexions de Voltaire sur le **relativisme**. Relativité des tailles, des capacités, des mesures : l'idée est que tout est relatif et qu'en conséquence, il faut s'abstenir de juger sans garder cela en tête. C'est pourquoi tout le conte est parsemé de contrastes et de comparaisons (Sirius est plus grande que Saturne, elle-même plus importante que Mars, etc.).

La raison selon Voltaire

Voltaire se situe dans la lignée philosophique qui conçoit d'abord la raison comme une **faculté propre à l'homme**, qui lui permet d'établir des rapports entre les choses. Cette faculté innée permet une connaissance réfléchie et autorise l'être humain à comprendre l'univers.

Cependant, Voltaire ne suit pas certains philosophes qui, à l'instar de Montaigne, dénoncent les dangers de cette faculté qui nous permet de raisonner hors de l'expérience, qui peut s'enfermer dans sa propre logique et n'avoir plus de contact avec la réalité.

Pour l'auteur de *Micromégas*, il s'agit plutôt de ce que nous appellerions le **bon sens**, cette propension à bien juger en distinguant le vrai du faux.

Il s'agit ici d'une connaissance **fondée sur l'expérience et sur l'usage des sciences**, par opposition à une vérité dogmatique révélée par la foi religieuse.

C'est au nom de cette approche de la raison que Voltaire dénonce dans *Micromégas* de nombreuses injustices : « *faim, fatigue, intempérance* », c'est-à-dire le **mauvais usage du corps**, puis **l'obscurantisme religieux**. Ainsi Micromégas doit s'exiler par suite de publications savantes qui ont déplu au grand Muphti (en réalité l'archevêque de Paris…)

La justice n'est pas épargnée en raison de sa lenteur, de son ignorance et de ses liens trop étroits avec les puissants de ce monde.

A deux reprises, Voltaire **condamne la guerre** sans appel. Pour lui, ses buts sont méprisables et les combattants n'ont aucun intérêt direct dans le conflit. De plus, à ses yeux, la gloire militaire est vaine. Tous ces éléments font que la guerre reste la conséquence des caprices des gouvernements, avec le soutien des chefs religieux.

Enfin, la dernière « folie », critiquée à travers les personnages terriens et les Saturniens, est l'**anthropocentrisme**, c'est-à-dire tout ce qui peut faire naître « un sourire de supériorité » en raison de l'appartenance à un groupe humain.

Développer ses connaissances et sa réflexion : la vision voltairienne

Voltaire attache une importance toute particulière à la réflexion empirique, une bonne méthodologie, ainsi qu'à tout ce qui relève d'une bonne **démarche scientifique** (calculs, vérifications, déductions…). En cela il s'affiche comme un disciple de Locke. Il en va ainsi de Micromégas qui déclare : « *je n'ai plus d'opinion, il faut tâcher d'examiner ces insectes, nous raisonnerons après.* »

Se rapprocherait-on déjà des premières méthodes sociologiques développées à la fin du XIXe siècle, notamment par Durkheim ?

La satire

Enfin, parce que *Micromégas* est avant tout un conte philosophique, il est destiné à **divertir en même temps qu'enseigner**. C'est pourquoi la **satire et l'humour** sont des éléments précieux de sa constitution. Satire de l'Église d'abord, puisqu'elle cautionne la guerre. Satire de l'attitude des Terriens ensuite, qui font preuve d'orgueil et d'anthropocentrisme ; satire de la métaphysique également, à travers le flot de paroles lors des débats entre philosophes...

Voltaire a recours à de nombreuses techniques littéraires pour mettre en scène ces satires : utilisation du registre comique, figures de style variées, diversité des tons, ironie et humour sont de la partie, entre autres. En voici un exemple : *« je vais raconter comme la chose se passa, sans rien y mettre du mien : ce qui n'est pas un petit effort pour un historien. »*

C'est donc une œuvre à multiples facettes que nous offre Voltaire, bien que *Micromégas* ne soit pas son ouvrage le plus connu. On y retrouve humour et réflexions, fantastique et voyage, critiques d'une société contemporaine de l'auteur très ancrées dans l'esprit des Lumières, mais dont on pourrait bien s'inspirer, encore aujourd'hui...

Dans la même collection en numérique

Les Misérables
Le messager d'Athènes
Candide
L'Etranger
Rhinocéros
Antigone
Le père Goriot
La Peste
Balzac et la petite tailleuse chinoise
Le Roi Arthur
L'Avare
Pierre et Jean
L'Homme qui a séduit le soleil
Alcools
L'Affaire Caïus
La gloire de mon père
L'Ordinatueur
Le médecin malgré lui
La rivière à l'envers - Tomek
Le Journal d'Anne Frank
Le monde perdu
Le royaume de Kensuké
Un Sac De Billes
Baby-sitter blues
Le fantôme de maître Guillemin
Trois contes
Kamo, l'agence Babel
Le Garçon en pyjama rayé
Les Contemplations

Escadrille 80

Inconnu à cette adresse

La controverse de Valladolid

Les Vilains petits canards

Une partie de campagne

Cahier d'un retour au pays natal

Dora Bruder

L'Enfant et la rivière

Moderato Cantabile

Alice au pays des merveilles

Le faucon déniché

Une vie

Chronique des Indiens Guayaki

Je voudrais que quelqu'un m'attende quelque part

La nuit de Valognes

Œdipe

Disparition Programmée

Education européenne

L'auberge rouge

L'Illiade

Le voyage de Monsieur Perrichon

Lucrèce Borgla

Paul et Virginie

Ursule Mirouët

Discours sur les fondements de l'inégalité

L'adversaire

La petite Fadette

La prochaine fois

Le blé en herbe

Le Mystère de la Chambre Jaune

Les Hauts des Hurlevent

Les perses

Mondo et autres histoires

Vingt mille lieues sous les mers

99 francs

Arria Marcella

Chante Luna

Emile, ou de l'éducation

Histoires extraordinaires

L'homme invisible

La bibliothécaire

La cicatrice

La croix des pauvres

La fille du capitaine

Le Crime de l'Orient-Express

Le Faucon malté

Le hussard sur le toit

Le Livre dont vous êtes la victime

Les cinq écus de Bretagne

No pasarán, le jeu

Quand j'avais cinq ans je m'ai tué

Si tu veux être mon amie

Tristan et Iseult

Une bouteille dans la mer de Gaza

Cent ans de solitude

Contes à l'envers

Contes et nouvelles en vers

Dalva

Jean de Florette

L'homme qui voulait être heureux

L'île mystérieuse

La Dame aux camélias

La petite sirène

La planète des singes

La Religieuse

1984 A l'Ouest rien de nouveau

Aliocha

Andromaque

Au bonheur des dames

Bel ami

Bérénice

Caligula

Cannibale

Carmen

Chronique d'une mort annoncée

Contes des frères Grimm

Cyrano de Bergerac

Des souris et des hommes

Deux ans de vacances

Dom Juan

Electre

En attendant Godot

Enfance

Eugénie Grandet

Fahrenheit 451

Fin de partie

Frankenstein

Gargantua

Germinal

Hamlet

Horace

Huis Clos

Jacques le fataliste

Jane Eyre

Knock

L'homme qui rit

La Bête humaine

La Cantatrice Chauve

La chartreuse de Parme

La cousine Bette

La Curée

La Farce de Maitre Pathelin

La ferme des animaux

La guerre de Troie n'aura pas lieu

La leçon

La Machine Infernale

La métamorphose

La mort du roi Tsongor

La nuit des temps

La nuit du renard

La Parure

La peau de chagrin
La Petite Fille de Monsieur Linh
La Photo qui tue
La Plage d'Ostende
La princesse de Clèves
La promesse de l'aube
La Vénus d'Ille
La vie devant soi
L'alchimiste
L'Amant
L'Ami retrouvé
L'appel de la forêt
L'assassin habite au 21
L'assommoir
L'attentat
L'attrape-coeurs
Le Bal
Le Barbier de Séville
Le Bourgeois Gentilhomme
Le Capitaine Fracasse
Le chat noir
Le chien des Baskerville
Le Cid
Le Colonel Chabert
Le Comte de Monte-Cristo
Le dernier jour d'un condamné
Le diable au corps
Le Grand Meaulnes
Le Grand Troupeau
Le Horla
Le jeu de l'amour et du hasard
Le Joueur d'échecs
Le Lion
Le liseur
Le malade imaginaire
Le Mariage de Figaro
Le meilleur des mondes

Le Monde comme il va
Le Parfum
Le Passeur
Le Petit Prince
Le pianiste
Le Prince
Le Roman de la momie
Le Roman de Renart
Le Rouge et le Noir
Le Soleil des Scortas
Le Tartuffe
Le vieux qui lisait des romans d'amour
L'Ecole des Femmes
L'Ecume Des Jours
Les Bonnes
Les Caprices de Marianne
Les cerfs-volants de Kaboul
Les contes de la Bécasse
Les dix petits nègres
Les femmes savantes
Les fourberies de Scapin
Les Justes
Les Lettres Persanes
Les liaisons dangereuses
Les Métamorphoses
Les Mouches
Les Trois mousquetaires
L'étrange cas du Dr Jekyll et de Mr Hyde
L'Ile Au Trésor
L'île des esclaves
L'illusion comique
L'Ingénu
L'Odyssée
L'Ombre du vent
Lorenzaccio
Madame Bovary
Manon Lescaut

Micromégas

Mon ami Frédéric

Mon bel oranger

Nana

Ne tirez pas sur l'oiseau moqueur

Notre-Dame de Paris

Oliver twist

On ne badine pas avec l'amour

Oscar et la dame rose

Pantagruel

Le Misanthrope

Perceval ou le conte du Graal

Phèdre

Ravage

Roméo et Juliette

Ruy Blas

Sa Majesté des Mouches

Si c'est un homme

Stupeur et tremblements

Supplément au voyage de Bougainville

Tanguy

Thérèse Desqueyroux

Thérèse Raquin

Ubu Roi

Un Barrage contre le Pacifique

Un long dimanche de fiançailles

Un secret

Vendredi ou la vie sauvage

Vipère au poing

Voyage au bout de la nuit

Voyage au centre de la terre

Yvain ou le Chevalier au lion

Zadig

À propos de la collection

La série FichesdeLecture.com offre des contenus éducatifs aux étudiants et aux professeurs tels que : des résumés, des analyses littéraires, des questionnaires et des commentaires sur la littérature moderne et classique. Nos documents sont prévus comme des compléments à la lecture des oeuvres originales et aide les étudiants à comprendre la littérature.

Fondé en 2001, notre site FichesdeLectures.com s'est développé très rapidement et propose désormais plus de 2500 documents directement téléchargeables en ligne, devenant ainsi le premier site d'analyses littéraires en ligne de langue française.

FichesdeLecture est partenaire du Ministère de l'Education du Luxembourg depuis 2009.

Plus d'informations sur www.fichesdelecture.com

ISBN: 978-2-511-02920-6

Notes :